St. Helena Library

El traje de nieve de Tomás

escrito por Robert Munsch
ilustrado por Michael Martchenko

traducido por Rigo Aguirre

Annick Press Ltd.
Toronto • New York • Vancouver

© 2004 Annick Press Ltd. (Spanish edition)
© 1985 Bob Munsch Enterprises Ltd. (text)
© 1985 Michael Martchenko (art)
© 2003 Spanish translation by Rigo Aguirre
Editorial Services in Spanish by
VERSAL EDITORIAL GROUP, Inc. www.versalgroup.com
Primera impresión en español, 2004

Annick Press Ltd.

Agradecemos la ayuda prestada por el Consejo de Artes de Canadá (Canada Council for the Arts), el Consejo de Artes de Ontario (Ontario Arts Council) y el Gobierno de Canadá (Government of Canada) a través del programa Book Publishing Industry Development Program (BPIDP) para nuestras actividades editoriales.

Cataloging in Publication

Munsch, Robert N., 1945-
[Thomas' snowsuit. Spanish]
  El traje de nieve de Tomás / escrito por Robert Munsch; ilustrado por Michael Martchenko;
  traducido por Rigo Aguirre.

Translation of: Thomas' snowsuit.
ISBN 1-55037-854-6

  I. Martchenko, Michael II. Aguirre, Rigo III. Title. IV. Thomas' snowsuit. Spanish.

PS8576.U575T518 2004   jC813'.54   C2003-905376-8

Distribuido en Canadá por:
Firefly Books Ltd.
66 Leek Crescent
Richmond Hill, ON
L4B 1H1

Publicado en U.S.A. por Annick Press (U.S.) Ltd.
Distribuido en U.S.A. por:
Firefly Books (U.S.) Inc.
P.O. Box 1338
Ellicott Station
Buffalo, NY 14205

Impreso y encuadernado por Friesens, Altona, Manitoba, Canada

Visítenos en www.annickpress.com

A Otis y Erika Wein en Halifax,
quienes me ayudaron a crear este cuento,
y a Danny Munsch

Un día, la mamá de Tomás le compró un bonito traje de nieve color café. Cuando Tomás vio aquel traje de nieve dijo: —Es la cosa más horrible que he visto en mi vida. Si crees que voy a ponerme ese horrible traje de nieve, ¡estás loca!

—Bueno, eso ya lo veremos —dijo la mamá de Tomás.

Al día siguiente, cuando llegó la hora de irse a la escuela, la mamá dijo: —Tomás, por favor, ponte tu traje de nieve.

Y Tomás le contestó: —¡NOOOOO!

Su mamá, desesperada, le volvió a decir:
—¡Tomás, que te pongas ese traje de nieve!

—¡NOOOOO! —le contestó nuevamente Tomás.

Entonces la mamá agarró a Tomás con una mano, agarró el traje con la otra y trató de ponérselo. Tuvieron una gran batalla y cuando ésta terminó, Tomás tenía puesto su traje de nieve.

Tomás se fue a la escuela y colgó su traje.
Cuando llegó la hora de salir al patio,
todos los niños se pusieron sus trajes de
nieve y salieron corriendo por la puerta.
Pero Tomás no.

La maestra miró a Tomás y le dijo:
—Tomás, por favor, ponte tu traje de nieve.

Tomás le contestó: —¡NOOOOO!

La maestra, desesperada, le volvió a decir:
—¡Tomás, que te pongas ese traje de
nieve!

—¡NOOOOO! —le contestó nuevamente
Tomás.

Entonces la maestra agarró a Tomás con una mano, agarró el traje con la otra y trató de ponérselo. Tuvieron una gran batalla y cuando ésta terminó, la maestra tenía puesto el traje de Tomás y Tomás tenía puesto el vestido de la maestra.

Cuando la maestra vio lo que tenía puesto, agarró a Tomás con una mano y trató de meterlo en su traje de nieve. Tuvieron otra gran batalla y cuando ésta terminó, el traje de nieve y el vestido de la maestra estaban enredados en un gran nudo en el piso y Tomás y la maestra estaban en ropa interior.

Justo en ese momento la puerta se abrió y entró el director de la escuela. La maestra dijo: —Es Tomás, que no se quiere poner su traje de nieve.

El director miró a Tomás con su mejor
MIRADA DE DIRECTOR y dijo: —Tomás,
ponte tu traje de nieve.

Y Tomás le contestó: —¡NOOOOO!

Entonces el director agarró a Tomás con una mano y a la maestra con la otra y trató de ponerles su ropa. Cuando todo terminó, el director tenía puesto el vestido de la maestra, y la maestra tenía puesto el traje del director mientras que Tomás estaba aún en ropa interior.

Fue entonces que desde el fondo del patio alguien gritó: "¡Tomás, ven a jugar!" Tomás cruzó corriendo el salón, y de un solo salto se puso el traje de nieve, en dos segundos se puso las botas y salió corriendo por la puerta.

El director miró a la maestra y le dijo:
—Óigame, tiene puesto mi traje. Quíteselo ahora mismo.

La maestra le contestó: —Oh, no. Usted es el que tiene puesto mi vestido. Así que quíteselo usted primero.

El caso es que discutieron y discutieron y discutieron, pero ninguno quería desvestirse primero.

Finalmente, Tomás regresó del recreo.
Miró al director y miró a la maestra.
Tomás agarró al director con una mano y
a la maestra con la otra. Tuvieron una
gran batalla y Tomás dejó a cada uno con
su propia ropa.

Al día siguiente el director renunció a su empleo y se mudó para Arizona, donde nunca nadie usa un traje de nieve.

Otros libros de la serie *Munsch for Kids* son:

The Dark
Mud Puddle
The Paper Bag Princess
The Boy in the Drawer
Jonathan Cleaned Up, Then He Heard a Sound
Murmel Murmel Murmel
Millicent and the Wind
Mortimer
The Fire Station
Angela's Airplane
David's Father
50 Below Zero
I Have to Go!
Moira's Birthday
A Promise is a Promise
Pigs
Something Good
Show and Tell
Purple, Green and Yellow
Wait and See
Where is Gah-Ning?
From Far Away
Stephanie's Ponytail
Munschworks
Munschworks 2
Munschworks 3
Munschworks 4
The Munschworks Grand Treasury

Muchos de los títulos de Munsch están disponibles
en francés y/o español. Por favor contacte a su
distribuidor favorito.